樂 府

心里滿了，就从口中溢出

MAN ON A BEACH

海滩上的一个男人

〔英〕约翰·伯格 — 著

〔土〕塞尔丘克·德米雷尔 — 绘

刘衍衍 — 译

北京联合出版公司
BeiJing United Publishing Co.,Ltd.

从前，天上有两颗星星。

它俩的名字叫猎犬。

你们是怎么去那儿的？

在我们成为猎犬之前，我们是白鸟。

是的，我们一起飞走了。

那你是谁啊？

我来告诉你一些事儿。

在我们成为猎犬之前，成为白鸟之前，

我们在一片海滩上相遇。

我解释一下……

和我一起飞走的那个男人，
是一位画家在海滩上画成的。

否则我也不会遇见他。

为什么不呢？

在他被完成之前，他就是调色板上的
一团彩色颜料而已。

谁的调色板？

天空的？

我再告诉你另外一些事。

曾经这个世界上的一切都只是一个信息。

接着这个信息被扔进了大海。

谁扔的？

它被装到一个瓶子里，从海上漂走了。

谁扔的瓶子？

是笑声扔的！

这个笑话在我的脑子里一闪。

我知道我该怎么做了。

我得安安静静地坐在书桌旁。

Man on a Beach 39

然后使劲想。

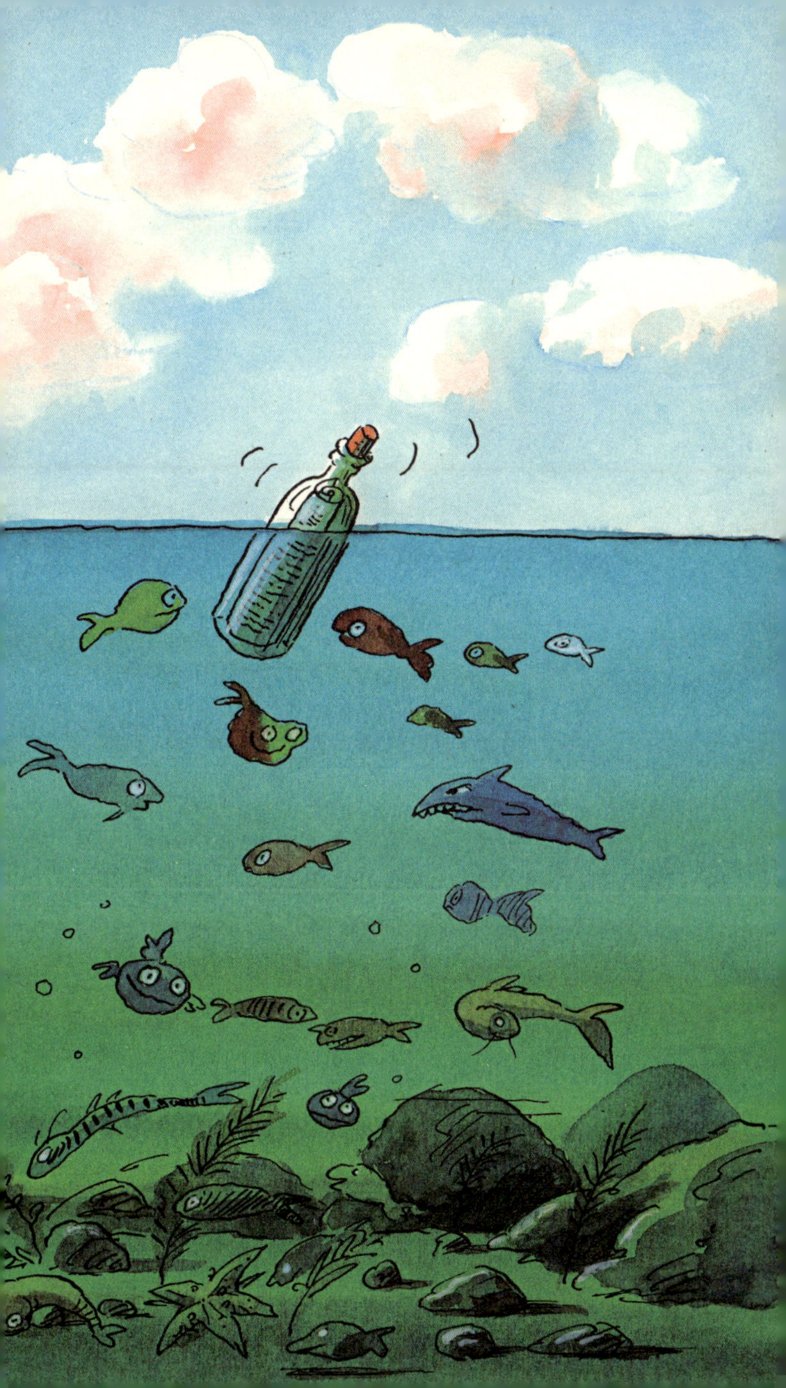

他在想啥呢？

啥也没想。

他只是试着思考。

他坐在书桌边，然后试着思考。

终于……

有东西从空无中产生，走向他。

Man on a Beach **62**

天空的调色板。

从他的脑子里爬出来。

那又是谁发现了调色板？

是在海滩上画下那个男人的画家。

之后画家又接着画起来。

"沙滩上的一根骨头在唱……"

那么时间停止了吗？

这是初始之时。

每个故事都要从结束开始。

天空中两颗被称为猎犬的星星。

而这时一个男人坐在书桌旁……

想着一片海滩。

※

约翰．伯格，1926 年生于伦敦。英国作家、诗人、艺术评论家、画家。自 14 岁时开始写诗，画画，18 岁进入英国军队服役，20 岁进入切尔西艺术学院和伦敦中央艺术学院学习……出版过多部小说、评论文章、散文集。有多部艺术专著，如《观看之道》《看》《另一种讲述的方式》《毕加索的成败》等；有回忆性质的小说《我们在此相遇》。实验性小说《G.》(1972)获英国布克奖及詹姆斯·泰特·布莱克纪念奖。2017 年 1 月 2 日，约翰·伯格在巴黎郊区的家中去世，享年 90 岁。

※

塞尔丘克·德米雷尔，1954 年出生于土耳其的阿尔特温，最初学习建筑，1978 年搬至巴黎，工作居住至今。他的插画和书经常出现在欧洲和美国重要的出版物里。其作品涵盖了书籍插画、杂志封面、儿童读物插画以及明信片和海报。

图书在版编目 (CIP) 数据

海滩上的一个男人 / (英) 约翰·伯格著；(土) 塞尔丘克·德米
雷尔绘；刘衍衍译. -- 北京：北京联合出版公司，2021.1
　　ISBN 978-7-5596-4578-4

　　Ⅰ. ①海… Ⅱ. ①约… ②塞… ③刘… Ⅲ. ①随笔－作
品集－英国－现代②漫画－作品集－土耳其－现代 Ⅳ.
① I561.65 ② J238.2

中国版本图书馆 CIP 数据核字 (2020) 第 182581 号

MAN ON A BEACH:

海滩上的一个男人

作　　者：[英] 约翰·伯格 著 [土] 塞尔丘克·德米雷尔 绘
译　　者：刘衍衍
策　　划：乐府文化
出 品 人：赵红仕
责任编辑：高霁月
特约编辑：刘看看
书籍设计：纸耕创邑 此井

北京联合出版公司出版
（北京市西城区德外大街 83 号楼 9 层 100088）
北京联合天畅文化传播公司发行
北京启航东方印刷有限公司印刷
字数 2 千字　　787mm × 1092mm　　1/32　　3.5 印张
2021 年 1 月第 1 版　　　　2021 年 1 月第 1 次印刷
ISBN 978-7-5596-4578-4
定价：48.00 元